아침달 시집

휴가저택

서윤후

시인의 말

거울의 말동무가 되어주렴
얼룩을 다 세어볼 수 있을 때까지

그러나 너무 투명해지진 마

거울 잎사귀들이 떨어진 숲으로 가
눈먼 마음을 자랑하렴

하늘에 베인 땅 위의 모든 길들이
돌아오지 않을 곳으로 상처를 길러낼 때

이제 말해보렴 보이지 않는 것을
말하자면 너무 기나긴……

2018년 8월
서윤후

차례

휴가저택   09

휴가저택   57

—

후문   72

휴가저택

1.

애틋했던 소년들을 모두 떠나보낸 육신은 여름의 관조 속에서 녹아간다. 내 몸속에 새겨진 여름을 회상하며, 지금 눈앞에 와 있는 여름을 건너는 것이다. 이제 나는 나의 저무는 시간을 오롯하게 지켜보고 싶다. 바다가 보이는 곳에서, 누적된 나의 여름을 마음대로 해체하며. 이것은 체온이었지, 이것은 호시절이었지, 이것은 아마도…… 불러볼 수 없는 것이겠지, 혼자 셈하며 그렇게 천천히 썰물의 기나긴 포말을 만들면서. 이것은 물 한 컵에서 시작한 이야기. 누군가 따라놓은 한 잔의 물을 마시며 끝나지 않은 갈증을 실감하는 이야기.

긴 악몽이었을지도 모른다. 별안간 꿈의 한 형태로, 번화가로 나갈 때 신는 해진 한 켤레 운동화 정도의 역사이거나 부엌 찬장에서 배를 드러내고 죽은 벌레가 그득 품은 알이며, 속눈썹이 저지르는 방화다. 동시에 눈동자 뒤로 꾼 실화의 장막이자, 뿔뿔이 흩어지는 어둠에게 잠깐 흥미로운 호객 행위였는지도 모른다. 끝끝내 정의내릴 수 없는 나의 악취미가 나로 끝났으면 한다.

이곳은 파도가 바다의 멱살을 잡고 육지로 올라서는 태세다. 이 휴가저택에서 걸어 나와 처음 한 일은 해변을 걷는 것이었다. 지난 꿈에 대한 허술한 증언을 하러 나온 사람처럼, 살아온 날을 사포로 문질러야 하는 아직 많은 밤들의 결심을 하듯이, 여름의 테두리를 걷는다. 걷다 보면 끝나지 않는다. 끝날 수 없다. 내 삶의 모든 산책은 그만둔 채로 지연되어 왔으니까 걷게 된다.

이곳은 추락을 꿈꾸는 건축물이다. 이제 더는 말할 수 없게 된 입술을 얼굴에 붙이고 다니는 기분과 썩 어울린다. 언어가 언어를 침몰시키는 광경 속에 있다. 발언권을 얻는 것은 지옥으로 동행할 장물아비뿐이다. 고독은 질병이 아니니 즐겨도 좋다고 허락하던 선생들, 고독만큼 정확한 심박수는 없으니 들어보거라, 떠들던 선생들. 이제 내가 떠들었던 말들이 어떻게 메아리치며 되돌아오는지 두고 볼 것이다.

귀머거리를 자청했지만 귀는 계속 밝아오고, 서서히 뿌연 풍경을 낭독한다. 선명해질수록 끔찍해지는 늙은 거울의 심판을 받는 기분이 든다.

이곳은 내가 비로소 보게 된 것들, 안경을 쓰지 않고 온몸으로 익힌 나의 휴가저택이다.

2.

등 떠미는 파도와 흰 목소릴 타고 가장 구석으로 갑니다. 지혜는 중얼거릴 시간도 주지 않고 흩어집니다. 이것은 나의 휴가입니다. 나의 아늑함입니다. 아직 숨진 채 발견되지 않은 기쁨입니다.

물때를 벗기기 위해 다시 물이 필요하듯, 희고 부푼 거품으로 눈앞의 얼룩을 잠시 잊을 때—그러나 여전히 사라지지 않고 존재하는 것을 위해 누군가는 오해를 창조했고, 누군가는 그것을 진압했으며, 누군가는 누명을 겉옷처럼 입었다—오늘의 심경이 궁금합니다. 저택 창가 너머엔 해변이 있습니다. 바다가 있고, 바다 너머엔 나와 같이 도토리를 줍다가 나이를 셈하는 노인들이 있습니다. 죽을 날을 받아 적고 있습니다. 이렇게 햇빛이 횡설수설하는 날씨에는 고독도 머쓱해집니다. 죽은 듯이 살고 있다는 말은 아주 젊을 때부터 해온 말입니다. 고독을 자처했던 나는 나의 짝수를 영원한 원수처럼 여기며 살았습니다.

거대한 휴가저택에서 한 일이라곤 젊을 적 썼던 걸 지우는 일이었습니다. 만지자마자 지워지는 언어, 나의 한때를 베껴 간 언어, 종이를 세워 손을 베는 언어들…… 피를 흘렸습니다. 피는 진실의 매듭에서 태어난 심판, 그런 피를 모아 지워야 하는 문장들도 있었습니다. 기억에서 걸어 나와 내게 들려주는 누군가의 말, 그런 것들을 헤아리면 우리는 오랫동안 사랑을 한 것 같습니다. 우정을 나눈 것 같습니다. 그 지리멸렬한 감정이 때로는 너무 새롭습니다. 바다 앞에서 눈 감으며 속으로 하게 되는 말들이 가끔은 들립니다. 언젠가 했던 말이거나 하고 싶은 말이기 때문입니다.

3.

다시 시작이다. 젊은 날을 헐벗고 서 있는 곳에서 나는 눈을 감고 싶다. 대머리 여인들이 해변가에 모여 춤을 춘다. 말발굽 자국이 허망한 나의 모래성을 밟고 벅차오른다. 가엾어라, 가엾은 것들은 모두 춤을 춘다. 비명과 함께. 비명은 은둔에서 태어난 괴물이라서, 인간의 몸을 빌려 운다. 우리는 그것을 노래라고 착각하며 산다.

반성이 끝나지 않던 날 나는 아마도 이곳에 온 것 같다. 바다의 심부름을 받기 위해서, 여름과 끝장나기 위해서, 가장 아름다운 실수를 하기 위해서, 그렇게 다시 깨어나기 위해서…… 그러나 그럴 수 없다는 것을 잘 안다. 신에게 빌어서도 소용없다는 것도, 바다가 그리 훌륭한 말동무가 되지 못한다는 것도 안다. 듣고 싶은 말을 듣지 못한 날의 어린 나처럼, 나는 좀처럼 매일 모자라게 살고 있다.

지루한 것은 도무지 적응할 수 없다. 그럴 때마다 내 젊은 날의 살점 하나를 떼다 돌이키면 귓등은 소란해진다. 생각나지 않는 선생들의 이름, 에비동을 잘하던 일식당, 그곳에서 밥을 사주던 사람, 절교와 화해를 반복했던 친구, 사랑하는 나의 연인들, 키우던 개…… 이제 아무도 내 곁에 없다는 것이 나는 신기하지 않다. 바닷바람 맞으며 나아가는 젊은 남녀가 석양이 잘 보이는 곳에 앉아 말없이 본다. 눈앞에 주어진 것을. 바다와 하늘, 태양이 서서히 식어가는 것을. 한눈에 담는 넉넉함이 이젠 나에게 없으니, 그들의 그을린 어깻죽지 보는 것으로 만족한다. 그들은 나의 저택을 보며, 저런 곳에도 사람이 살까 의문을 갖겠지만 그것이야말로 오늘의 첫 초인종 소리가 아닐는지?

추상적인 하루가 지속되었다. 나는 난해했고, 실패한 해석들

마저도 나를 지속시키고 있다. 세상엔 볼만한 것들이 없었다. 상
像을 잃은 안경들이 실직하는 이 휴가저택에서 모든 이미지의
질서가 어긋났다. 내 눈은 신호등처럼 푸르게, 더욱 붉게 반짝거
리기 시작했다. 눈을 비벼대는 습관이 생겼다. 녹아내린 발가락
은 꼼지락거릴 수가 없고, 이곳의 일방통행로는 모두 바다를 향
해 있다. 나를 어지럽히는 바다와 나를 정돈하는 바다 사이의 수
평선엔 태양이 걸터앉아 있다. 지루한 인간사에 흥미가 없다는
듯 돌연 어둠을 두고 가는 저 뒷모습은 내가 끝까지 쫓아가지
못한 유일한 풍경이었다. 이제 나는 그와 닮아 저물어간다. 한
번쯤은 백야에 휘말리고 싶다는 생각으로.

　　황량한 홀리데이
　　바다 끝에 홀로 남겨져
　　세상의 모든 폭죽이 꺼지는 것을 본다.

　　암전 뒤 정적은
　　허물어진 감각을 복원하는 유일한 기술이자
　　꿈으로 복제할 수 없는 기쁨

　　블루 블랑카, 블루 블랑카, 블루 블랑카⋯⋯

　　의미 없는 이름을 반복하여 내게로 오게 할 때
　　나는 바다 앞에서 가장 뜨거워진다
　　무쇠를 녹이기 위해
　　핏줄로 이름을 흐르게 두기 위해

황량한 홀리데이
부푼 것들이 터지고 나는 남았다
버려진 별장이 되어 길 잃은 것을 구조하기 위해
그러나 우리는 모두 공평한 조난자
많은 이름을 불러봐야 소용없는 해저 속에서
물보라를 일으키며 사라진다

불의 축제가 끝나고
물의 심판을 기다리듯이

이 여름의 창백한 안색을
여름 내내 생각한 적이 있다.

밤마다 이슬 깨부수는 풀벌레 소리도 익숙해졌다. 나는 너무 오래 지속되었다. 젊은 날의 살점 하나를 다시 떼어다 머리맡에 둔다. 들짐승 같은 시절엔 군더더기가 많아 배부르게 먹을 수 있게 되었다. 짐승처럼 달려드는 젊은 날의 기억이 나를 두렵게 한다. 엽총을 든 밀렵꾼이 되어 오래된 숲에 들어섰다가, 나는 돌아갈 곳을 잃고 조금씩 식어가는 사람이 된다. 내게 젊음은 그런 것이 되었다. 돼지에게서 갓 꺼낸 염통처럼 뜨겁고 김이 나는 것이었으나, 이제는 그것을 손에 쥘 수 없다. 나의 체온이 모자라기 때문이다. 헛헛해지려 드는 이 감정을 동족상잔의 슬픔처럼 느끼고 있는지도 모른다.

이제 나는 아무렇게나 읽히거나 그마저도 되지 않는 고물이 된 것이다. 나의 문장은 시계 속에서 발목을 접질린 채로 가느다랗게 식어간다. 나의 많은 선생들이 내게 그랬다. 너도 나처럼 된다고. 나도 당신처럼 될 줄은 몰랐는데. 죽음의 선분이 드리울 때 나는 비로소 구부러지고 싶다. 이 육신으로 할 수 있는 것은 나란해지는 것, 겸허하게 눈감는 일뿐이라는 걸 이제 잘 알겠다.

내 곁에는 바다가 있다. 이것은 휴식이다. 나는 나의 마지막을 선택할지도 모른다는 마지막 흥분을 남겨두고 있다. 깊은 파도 소리와 매일 새로워지는 방문객의 그림자만으로 겨우 지루함을 덜어내고 있다. 나를 처음으로 명중시켰던 당신에게 편지를 쓰기도 한다. 원망에 가득 차 쓴 밤새워 쓴 편지는 어둠을 먹고 글씨를 알아볼 수 없게 되기도 한다. 그러다 가끔 내게 온 편지인 줄 알고 읽다가 혼쭐이 나기도 한다. 내게는 아직 많은 질문이 남아 있다. 가져갈 수 없는 질문을 이곳에 두어야 하는데, 그럴 수 없어 내 안에 스스로 새긴다. 밀물이 몰려와 사라지는 백사장의 언어처럼, 파도만이 베껴 가는 그 비밀스런 오류를 나는 새긴다. 내가 다 썩어야만 드러날 수 있는 게 있으리라 믿으며…… 백골을 가득 끌어안은 소년이 꿈에 나왔다. 나는 갑작스런 포옹을 당한 기분이 들었다.

4.
젊은 날엔 해변을 노래했었다
더 젊은 날엔 해변에 잠든 무덤까지도

유리병만 있으면 편지를 써서 띄울 줄 알았고
바다에 담배꽁초를 버리기도 했다

우리는 동시에 망가진다
그런 위안만 있어도 며칠은 견디기도 했다

백사장에 적힌 모든 글자를 모아 파도에게 들려주기를
끝내 완성되지 못하는 문구가 하나 있었다

묘비명에 비문으로 새겨진 문장 하나만큼이나
멀고 아득한 음각陰刻이었다

생물의 리듬을 구사하는 젊고 늙은 사람들의 체조
백사장 위에서의 몸짓

그들이 떠나고 난 자리는 볼쑥 글자 같아서 해독한다
그것을 해독하는 나를 갯지렁이로 보는

저 멀리 어린아이의 관조는
나를 살아 있게 한다

5.

우울은 과거의 나를 만나는 약속 시간이다.

그러나 이 모든 게 이불 속의 시공간에 불과하다니…… 가끔은 육체를 수거할 사람에게 미소를 팔고 싶은 심정이다. 단지 하나를 가누는 게 참 어려웠답니다. 그런 하소연도 들어주지 않을 냉정한 사람에게 쓸모없어 보이고 싶은 마음도 든다. 이불은 신神이 내게 붙여놓은 반창고 같아서, 그 아득함을 헤매며 조금씩 회복하라고 일컫는다. 상처를 뒤척이다 스스로 일어나는 것도, 겨우 이불 속으로 들어가 회복을 기다리는 것도 모두 눈 감은 인간의 몫이니. 한때 건강했던 내가 떠드는 소리를 엿듣는다. 건강했던 내가 다녀오겠다고 한 뒤 돌아오지 않은 것처럼, 아픈 내가 떠난다고 해서 달라질 것은 없다. 지금 누가 누워 있는지 잠시 진찰을 해보는 것이다. 아무도 없는 것 같아서 누워 있는 일이 결코 지루하지 않았다.

6.
소중한 것을 오래 보존하기 위해 모두들 혹한의 눈보라를 찾
아 떠났지만
우리는 여름으로 갔다 아마도 여름은 우리를 원했던 것 같다

너는 왜 밤에만 친절하지 너는 왜 밤에만 기대려고 해
환한 대낮엔 왜 어리석은 것이지
제물을 지켜보던 신神은 백야를 주었다
눈이 멀기를 매일 기도했다

오늘의 안간힘이 어딘가의 긴긴 겨울을 만든다고 했다
다 녹은 눈사람의 이름을 빌려 사는 사람들이
여름을 계속 잇는다고 했다

만개하는 물빛, 한때 토르소에 스며든 여름의 빛은 녹아
어떤 겨울을 아프게 데려오기도 한다
주춤하는 사이에 빚어지는 커다란 흉상

몇억 년 전의 메아리가 계속된다
그것은 분명 우리가 갖게 될 목소리
계곡에 발 담그던 신神의 호명과 함께
우리는 여름의 제물이 되고
신의 가호를 받은 사람만이
땀을 흘릴 수 있는 곳으로 갔다

여름의 광물들을 어깨에 짊어지고

투명한 이끼를 밟으며
서로 땀을 닦아줄 때에도 땀이 나는
이 온화한 노동을 끝내지 않으려고
우리는

서로가 되지 않기로 마음먹었다

7.

새로울 것 없이 여름 입구엔 사람들의 눈물로 만든 비즈가 문발로 휘날리고 있다. 그것을 드나들면 슬픔이 종영한 긴 복도를 걷는 것 같지만, 많은 것들이 젖은 채 마저 울기로 한 것처럼 습해지기도 한다. 그러면 입김을 빌려 창문에 아로새겼던 말들이 선명해진다. 멀리서 볼 때 반짝이던 투명한 비즈들이 무겁게 매달려 입구를 무너뜨리게 만들지도 모른다. 아름다움으로 무장한 것들의 괴력을 조금 알 것 같다. 여름에 대한 정의를 내릴 수 없을 때까지 우는 사람들은 씩씩해 보이기도 한다. 가만히 있지 않으니까, 그 복도를 함께 건너자는 듯 큰 소리로 운다. 부끄럽거나 들킬 겨를도 없이.

불완전한 사람도 누군가의 곁에서 망가지고 있으면 썩 불안해 보이지 않는다. 나란하다는 신비로움이 힘을 발휘하는 것이다. 당신을 벽처럼 생각해도 되겠지? 나는 쉽사리 무너질 것 같으니, 좀 버티고 있어줄 수 있겠지? 언제든 떠나도 좋아. 말없는 끄덕임으로부터 허락되었던 아수라장, 나는 그곳이 가끔 그립기도 하다. 벗어준 외투나 병실의 등받이 없는 간이 의자 같은 것들, 슬픔을 간호하기 위해 잠시 내게 다녀간 것들이 궁금하다.

그렇게 배웅 없이 떠난 사람이 많았으므로, 나는 꿈속에서 자주 손을 흔들고 있다. 헤어진 적 없는 사람들과 헤어지는 일이 어색하지 않았다. 기억이 단련해 만든 흉터로 살고 있다. 더는 아프지 않지만 누군가는 참 아팠겠다고 말한다. 흉터 속에 녹아든 피들이 웅성거릴 때다.

어제는 바다에 빠져 죽으려던 여자와 그녀를 구해낸 여자가 있었다. 휴가저택에서 그런 구경은 흔치 않다. 바다가 때론 인간을 형편없게 만든다는 사실을 깨달았다. 그들은 백사장에 앉아 한동안 크게 울었던 것 같다. 들썩거리는 뒷모습으로 추측한 것이니 쭈글쭈글한 발가락을 보며 폭소했을지도 모르는 것. 두 여자가 떠난 해변은 인공 호수처럼 고요했다. 나는 어제 슬픔에 덜미 잡힌 한 고요의 울음을 몰래 엿듣는 사람이었다. 이 이야기는 여름이 지겹다고 말하는 이에게 들려주고 싶다.

(이것은 다시 물 한 컵이 채워지면서 시작된 이야기)

나는 말하기로 하였다. 고백하기 좋은 이 휴가저택에서. 창살에 쪼개지는 햇살이 고백을 거드는 시간이 올 때까지. 어둠에 숨겨지던 슬픔이 깨어날 시간이 왔다. 환한 대낮의 비밀들로 어둠 속에서 진실을 엿듣는 일을 멈추기 위해, 나는 말하기로 하였다.

무정한 사람들은
붉은 깃발 꽂힌 언덕에서 울지도 않고
마른 땅을 저벅저벅 밟으며 돌아갔다.

바다가 뉘우치게 한 것은 다정과 온기였다.

그건 내가 나를 지키기 위해 입은 갑옷이기도 했다.
내가 줍게 될 백사장의 탄피였다.

이런 곤경 속에서 나지막이 말 거는 슬픔에게,
나는 물어본 적이 있었다.
무엇을 기다리느냐고.

거울 앞에 서 있던 나는 주저앉아 울었다.

내가 간택한 얼굴은 아니었으므로

물 한 잔을 따르기 위해 사는 사람처럼 보였으므로

아주 오래된 여름 이야기가 있었다.

오래될수록 짙은 열대야가 산발하는 이야기.

사실이라고 단정할 수 없는 기억 속에서

나는 여름을 자주 기다렸다.

누군가는 뒤척였다 말한다.

/

여름의 할 일 — 첫 장만 쓴 일기에서

불그스름 우리의 따귀는 꼭 과일 같았다. 태양과 등대, 그다음을 생각하면 떠오르는 네가 사과나무에서 가장 먼저 떨어졌었나 보다. 벌레가 어디 간다고 말하는 거 본 적 없지. 갉아 먹은 자리가 파여 있으면 그게 벌레의 할 일이었고, 그 자리를 아파하면 이미 겪었어야 할 일이란 걸, 말하지 않아도 알아듣는 척하는 별로 곪아버렸을지 모른다. 솟구치지 못하더라도 우수수 떨어질 일 없이 유리잔 가득 담긴 사이다처럼 넘치지 않게 흔들리는 여름이 벌써 왔다. 서로에게 빌린 그늘을 덮을 차례인데 빛날 줄도 알아서 매미처럼 울다 사라진 네가 오늘은 참 맵다. 부챗살 튕기며 실없는 소리나 하던 네가 떠난 뒤로, 해는 더 길어졌지만 앞으로만 가는 어둠이 뒤돌아볼 일은 더 어두운 사람을 알아차리는 것뿐이라서, 네가 어디 있는지는 조금은 알 것 같다. 알면 큰일이라던 사람들이 하우스에서 가장 예쁜 사과를 옷으로 닦고, 반짝반짝 윤이 나는 껍질을 깎아 네 앞에 놓아주면 나는 아직도 뺨 맞은 것처럼 얼얼하다. 돌아와 달라는 말이 외국어 같지. 둘 중 누가 기다리는 쪽인지 자주 헷갈리면, 김빠진 사이다를 마시며 눈을 찡그려. 반듯한 수평선에 맞게 마지못해 눈을 감는다. 눈 감아야 더 잘 보이는 얼굴도 있어서. 여름 다음에 생각나는 계절의 네가 그곳까지 우산을 챙겨갔는지 그게 제일 궁금하다. 여긴 지금 비가 온다.

(어떤 구름의 비는 멈추지 않고 계속 내렸다.
어리석게도 구름을 우산처럼 쓰게 된 사람이 있었다.)

```
        /       / /             /       /             /
     / /   /         /     / /     /             /
  /         / /                 /         /         /
     /             /     /     / /             /
 / /       / /                 /     / /       /
 /     / /         /       /         / /
 / /         / /             / /         /   / /
    / /   /         /       /     / /   /       /
```

(산성비)

```
 /   /       /   /             /     / /         /
      /   /       /       /       /         /
     /       / /             /         /       /
     /     / /       /     / /   /       /
 /     /     / /             /         /       /
      / /   /             / /     / /         /
 /             / /             /     / /     /
 /         / /   /             /     / /       /
```

영원한 매듭 — 1997년 5월에 도착한 편지

여름에 베로나에 올 거야? 그때쯤에 먹기 좋을 피클을 담가두었는데, 아마 무더운 여름이겠지. 가끔 비가 쏟아져도 괜찮을. 오늘 아침 작은 마켓에 다녀왔어. 여름을 쟁취한 열매들을 골라 옷소매로 닦았지. 여름에 베로나에 온다면 모든 게 좋아질 거야. 아마 그렇다고 생각해. 여기에서 나쁜 기억은 없으니. 거기는 좀 살 만하니? 시차가 있어 통화하기가 어렵다. 매일 아침 늦은 밤을 빌려 쓴 문자에 답장한다. 마치 엽서를 보내는 것처럼. 가끔 말이 많아져, 사실 알려주고 싶은 게 많아. 한 조각쯤 베로나의 여름을 나눠 입는다면 다 젖어도 좋아, 벗어 던져도 괜찮아. 포도원에 가서 와인으로 담글 것을 수확하자. 이곳 사람들은 손님을 좋아해. 유리컵에 시트러스 향이 나는 물 한 잔, 가장 기본적이고 아름다운 예우. 닭 요리는 좀 늘었어. 주책과 함께. 매번 생선은 태우지만, 못하는 건 더는 하지 않아. 바람에 실려 오는 옆집 부엌 냄새도 좋아. 무엇을 만드는 걸까? 그런 걸 함께 유추하며 서성거려도 좋을 그런 베로나에 온다면야. 시원한 석회암 담벼락을 따라서 아는 길을 모두 탕진해도 나쁘지 않을 거야. 술이 술을 부른다면 슬픔이 슬픔을 부축한다면, 이제 낯부끄러운 줄은 알아. 집에 거울은 없고, 아침엔 얼굴을 가까이 대고 안부 인사를 하곤 해. 어쨌든 피클 뚜껑을 단단히 잠가두었으니 이곳에 와서 그것을 함께 열자. 같이 코를 박고 시큼해지자, 아삭아삭, 아니면 피클이 실패하는 순간을! 마침내 잠시 화사하다고 느껴질 만큼. 오게 되거든 말해줘. 여기는 무덥고 안전해. 양말은 두고 와. 여긴 온갖 종류의 맨발들이 있으니까.

흰 여름과 수박 주스와 엉성하게 젖은 티셔츠 — 보내지 못한 편지

너의 숨으로 불어 넣은 공을 저 멀리 던졌다. 볼보이는 바다로 들어가 돌아오지 않았고, 아무도 이 게임을 그만둘 수 없는 해변에서, 다시 또 왔구나,

이 모든 것이 갑자기. 상냥한 이야기가 수박씨를 뱉어내듯 쏟아지고는 아침 점심 저녁 바다를 각자의 서랍에 두고서 꽤 오랫동안 출렁이겠구나. 아름다운 수채화 속에 젖어들지 않는 눈부신 시간을 젖혀, 오래된 우리가 눕는다. 잠시만 쉬었다 갈 사람처럼 어정쩡한 자세로. 팔레트 물감을 나눠 쓰며 각자의 여름을 기록하고, 갈매기보다 작게 그려진 나와 너 그 사이를 떠도는 볼보이. 네가 불어 넣은 숨을 타고 두둥실 매일 달라지는 물결 위를 걷느라 다리가 아프겠지.(아팠으려나?) 이 모든 게 근사했고 선물해주고 싶은 풍경을 보게 되었다. 두 번은 그럴 수 없는 평화 속에서 서서히 지워지지만 그럼에도 그 안에 우리가 있었다는 사실만은 번지지 않는 것, 나는 그게 하찮은 위로라고 생각해. 밀려오는 대로 흔적을 떠미는 바다 곁에 오래 누워 모든 게 좋고 어디에도 나쁠 수 없는, 티셔츠가 반쯤 젖으면 나는 오늘 누군가가 채색하고 싶은 색깔이 되고, 반쯤 마른 티셔츠를 입은 네가 선명하게 그려질 것이다. 너의 숨을 굴리며 오는 볼보이의 반바지는 우리가 아는 맛의 수박으로 익어가고.

8.

이곳은 사방이 지뢰
우리가 빚은 사랑을 끝까지 벗겨내자
겨우 숨통을 쥐고 있는 헐떡임을 볼 때까지
닿자마자 녹아버릴 체온으로 드러날 때까지

자, 이제 이것을 터트린다
하나, 둘, 셋 하면

어두워진다는 것은 무언가 장전되는 것
방금 나는 표적이 된 것 같다
내가 깨지면 내 눈동자에 품고 있던 당신도 깨지고
산산조각으로 흐트러진 우리가 뒤섞인다

그렇게 비로소 하나처럼 보이는 것

여기는 사방이 지뢰
죽음으로 충만해진 인간은
사는 동안 잊으려고 했으나 군더더기만 남긴
추악한 기억의 보관함
거대한 종량제 봉투

입술을 묶어
입술을 묶자

나와 함께 자폭하지 않겠는가

먼 하늘에서 별처럼 보일 수 있게 산산조각이 나서는
어린 연인들의 별자리로 불리지 않겠는가

하는 수 없이 부르는 이름을 듣게 되고
하는 수 없이 돌아보게 되는

나는 아직 싸우고 싶다. 모든 싸움에 이겨서 싸움을 중단하는 사람으로 살고 싶었다. 전쟁을 끝낼 수 있는 사람이 되고 싶었다. 그러나 나의 원수는 언제나 나를 인질로 삼았다. 끝내 항복할 수 없는 간사한 나를 빌미로, 나는 오랫동안 졌다. 패배는 기록되지 않았지만 가장 먼저 찾아오는 손님이기도 했다. 마음껏 절망하라고 소리쳤다. 그러나 이게 전부는 아니지 않느냐고 흥정하기도 했다.

절망으로 소동을 피우지 않았으면 한다. 나의 그림자가 서둘러 돌아오기를 바라는 저녁이다. 외딴 섬을 자처한 일엔, 나만의 풍경이 있기 때문이다. 나의 은유로 첫 이름을 갖게 된 것들, 상징을 열매처럼 매단 것들. 모두 나를 위해 태어난 것 같다고 착각하기 좋은 것들. 아직 대단한 절망이나 좌절이 오지 않았을지 모른다. 내가 모르는 풍경은 아직 너무 많기에. 그러나 나는 누군가에게 아주 철 지난 풍경, 고목나무, 영영 보지 못할 풍뎅이, 지울 수 없어 오려낸 사진 조각처럼 그려질 것이다. 그게 두렵지 않게 되었다.

녹조 가득히 둘러앉은 수조 속에는 절반만 남은 사람들이 헤엄치고 있다. 왔다고 하면 가겠다고 말하는, 또 오겠다고 속삭이면 재주 많은 이별 농담이군, 속으로 생각하는 것. 눈감고 눈뜨는 사이에 많은 것들이 사라지고 생겨난다. 나는 거대하고 건

조한 수조 속에 있는 것 같다. 우리 중 누가 진짜 버려진 것일까. 나는 수조 속 절반만 남은 사람들을 돌보고, 이들은 언젠가 나를 돌봐준 적이 있다고 믿는다. 수조 안과 밖의 오해는 얼룩처럼 닦기도 쉽고 생기기는 더 쉽다.

이제는 가엾게 여겨질 것들에 대한 안타까움만이 남았다. 나의 모든 것이 내가 죽으면 고물 덩어리가 될 테지. 내가 애지중지하던 칸나꽃, 이것을 내 무덤가로 옮겨줄 만한(그런 까다롭고 귀찮은 작업을 해줄) 사람이 곁에 있지 않다는 것. 내가 잠시 행복하기 위해 내 불행을 빌려준 모든 것들이 나를 아프게 할 것이니까. 지옥에 단 한 가지 고통만을 가져갈 수 있다면 나는 나의 곁을 지키던 것들에 대한 걱정을 데려가겠다. 그러나 지옥은 그런 기회조차 주지 않는 휘파람만 불고. 나는 요약하는 재주가 없어서, 저물어갈 때까지도 첫 문장을 쓴다. 시작되었으면 한다. 읽을 수 없는 것을 받아 적었으면 한다.

글을 끼적이는 일은 그저 놀기 좋은 친구였다. 내가 눈 감고 있을 때, 차가운 바닥에 엎드려 있을 때, 저주가 타오르는 밤이나 깊은 심연에서 익사하고 있을 때, 그러나 살려달라고 말하고 싶을 때, 언제나 말없이 나와 함께한 오랜 친구였다고 믿겠다. 외로움은 언제 창궐한 병인가. 꿈에서도, 돌아 나온 담벼락에서도, 식탁 밑에서도, 등에 업혀서도 나는 혼자였다. 그러나 그것은 얼마나 다행인 사실인가. 글을 쓰는 건, 두 사람이 걸었던 골목을 혼자서 빠져나오는 일이다. 세 사람이 머물렀던 식탁에 두고 온 것을 홀로 찾으러 오는 일이다. 여러분, 이라고 부르고 나 혼자 듣는 것이다. 그것은 얼마나 난청이며 대단한 놀이인가. 이 여름의 프리즘은 아마도 가장 오래 기억에 남을 것이다. 내 마지막 빛이라고 부를 수 있는 여름의 햇살이 나를 투과할 때 내 많은 기억이 번져가는 것을 보게 될 것이다. 사라짐이 아니라 흩어짐의 방식으로.

내가 유일하게 연민을 좀 던질 수 있었던 건 관심에 걸신들린 나의 모습이었다. 그것마저 모른 체할 수 없었다. 그때 나는 폭풍을 일으키고 잠재울 줄 아는 사람이라고 착각하였다. 물에 젖기 싫어하는 발목을 이끌면서, 발목을 말리기 위해 자꾸 마르고 마른 쪽으로 갔다. 그곳엔 언제나 흔적은 남겨져 있었으나 사람들은 살고 있지 않았다.

시들어가는 체온을 가지게 되었다는, 이 여름에 대한 나의 생생한 중계가 누군가에겐 그저 시시하게 들릴 것이다. 우리는 고통의 귀여운 재물들일 뿐이다. 털갈이 끝마치고, 매끈하게 욕망을 눈알로 박고 있는 마네킹들. 죽어서도 꿈을 배회할 수밖에 없는 떠돌이들.

이것이 꿈인지 실화인지 알 수는 없으나 매일 밤 몰래 나의 저택에 들어와 내가 쓴 것들을 읽고 비웃는 사람이 있었다. 나는 혹시 모를 위협을 대비해 협탁 위에 칼 한 자루를 두고 잠이 들었는데, 그는 다음 날 밤에 찾아와 그 칼로 자신을 할복했다.

그 후로 그는 두 사람이 되어 나타났다.

어릴 적 매미 허물 같은 것을 보며 그것이 땅속에서 견뎌냈을 시간을 헤아리기도 하였다. 쉽고 간단하게. 의미심장한 마음으로 그것을 몰래 손에 쥔 채로 집에 돌아와 서늘한 곳에 두기도 하였다. 손만 갖다 대면 금방 부서질 것 같은 허물이었다. 그 후로 매미의 울음소리 따위를 경청하게 되었다(잘 들리게 되었다는 말). 여름을 찢으려는 듯이 매섭게 울리는 소리, 그러나 눈앞의 형체는 없고 방향만 있는, 그렇게 거기에 있다는 것을 말미암아 믿게 되는 것. 허물을 보았기에. 허물을 내놓았기에. 집에 돌아갔을 땐 개미 떼가 줄을 지어 매미 허물을 갉아 먹고 있었다. 방을 비운 과거가 얼마나 힘없이 무너지는지 볼 수 있었다. 우글거리는 긴 개미떼의 행렬을 바라보며 철회한 미래가 있었다.

간밤엔 죽은 수녀들의 대화도 엿들은 것 같다. 그것은 부활의 징조가 아니라 비로소 한 가지 영원함을 가지게 된 들뜬 목소리였다. 금기의 미로에 빠진 인간들의 배교. *안 돼, 그만 해, 모두 금지야.* 이제는 그럴 필요가 없게 되었다고 말하는 사람의 입술에서 진실한 기도문이 흘러나왔다. 신을 거역할 수 없던 슬프고 불행한 지난날엔 자신을 수거하길 바라던 때가 있었다고 고백하는. 수도복이 펄럭였고 어둠이 어둠을 감추는 모양새였다. 누군가 떠드는 것을 듣게 된 자는 침묵해야 하는 벌을 받게 된다. 그렇게 비밀이 지켜진 사례는 역사가 되고 새로운 달력을 빚는다. 안경을 닦고 창문을 본다. 벌거벗은 수녀들이 해수욕을 하고 있다. 이것은 허상이겠으나, 꿈의 잔물결이겠으나 믿게 된다. 허구를 믿는 것만이 세계를 요람처럼 흔들 수 있다. 그래서 나는 대부분의 허구를 믿었다. 허구는 대부분의 실화를 잉태했기 때문이다.

두 사람 혹은 한 마리의 개로부터 바다의 회화는 시작될 수 있다
떠돎은 유행이니까 유행은 떠도니까

백만 번의 호우와 백만 번의 폭설과 백만 번의 우산 쓰기, 백만 번의 미끄러질 위기와 백만 번의 천재지변과 백만 번의 맑은 날씨와 백만 번의 공원과 백만 번의 죽을 기회 속에서도 우리는 참 잘 살아 있었다.

　젊은 날엔 혼자 추켜세워진 고독감도 좋았다. 그것만이 나의 동굴, 나의 원시, 나의 혁명을 추종하기 좋은 환경이었으니……그 어둠을 배워 빛의 세계로 나서는 것이었다. 인간들이 헐겁게 빚어놓은 고독함을 나누며, 각자의 동굴 속 이야기를 아무도 모르게 하라. 전설을 희망하지 않는 새 떼를 보며 작은 익룡을 떠올리지도 않듯이. 어둠이 기후가 되기 전까지 나는 아주 볼품없는 인간이었다. 고립 끝엔 섬이 있고, 내딛은 발자국 너머로 사라지는 선착장이 있고, 무기 징역의 삶처럼, 그러나 담아낼 수 없는 고통의 피사체로서 아주 오랫동안 눈먼 풍경 속에 서 있어야만 했다. 어차피 늙은 삶은 젊은이들이 갈아입게 될 머나먼 유행이다. 새것과 처음인 것만 쫓는 인간들의 거울은 유리와 아주 먼 곳에 놓여 있다. 오늘의 경향을 너무 잘 알고 있으므로, 자주 아플 수 있다는 예감에 사로잡힌다.

　늙는다는 건 배열과 나열에 집착하는 것이다. 그리고 계속 위험에 빠지는 것이다. 나는 이 삶의 기나긴 전쟁을 후손에게 물려주고 싶다. 싸움만이 지속된다. 배신의 원흉만이 다음을 낳는다. 그러나 인간은 속절없이 불량한 기계들뿐이라는 생각에서 벗어날 수 없다. 기계에 갇혀 기계 밖을 상상하는 순간만이 희열임을 아는. 죽는다고 하여 기계를 탈출할 수 없다. 이 거대한 기계에 오류를 내는 것만이 인간의 업적이다.

　오작동으로 불 켜진 기계는 고장 나지 않은 날을 더 이상 살고 싶지 않아 했다. 정확하게 수행하는 자신의 능력을 불신하기 시작했다. 오류를 성실히 수행했으며, 멈춤을 그만두지 않았으며, 파기되는 자신을 늘 꿈꿨다. 다만 인간을 생각하게 만드는 것만큼은 그만두고 싶지 않았다. 매일 새로운 것이 태어났지만 공장은 수시로 문을 닫았다. 전가된 노동을 보이지 않는 곳에서 하기도 했다. 재주 많은 인간들은 그랬다. 출구 없는 입구만이 성행했다. 이것은 잘 산다는 것의 발췌문으로도 자주 쓰였다. 기계는 후회했다. 말이 없었다. 그럴듯했다. 기계가 예측할 수 없는 것은 오직 기계다운 인간뿐이었다. 불량 기계들이 매립되는 곳에선 아무런 소리도 들려오지 않았다.

9.

　내 괴로움 읍소할 곳 없어 종이 앞에 섰다. 이곳 항구 곁에서 괘면들이 온몸으로 바닷바람을 맞는 것처럼, 내가 부딪쳐온 기후 속에서 나도 맛으로 남겨질 것이다. 무덤의 수은들이 내가 올 길을 밝히고, 나는 건장했던 나의 육신을 돌려주기 위해 토악질 하는 심경으로 남은 언어를 소진할 것이다. 이것이 남겨진 인간 들에게 무슨 의미가 있으련만…… 그저 귀젖이나 긁으며 오늘 하루를 떠올리는 것만큼 시시할 것이다. 어쩌면 나는 비로소 이 무료함에 흥분하는 철부지가 되었는지도 모른다.

　내가 이 휴가저택에서 가장 고심하는 일상 중 하나는 나무 금고를 옮기는 일이다. 무엇이 들어 있었는지 생각나지 않을 만 큼의 잡동사니다. 지키고 싶은 것은 살면서 순간순간 소중하다 여기며 선별했던 나의 눈빛이거나 흘러넘친 흥분들일 것이다. 사물은 그것을 증명하는 것뿐이고. 이 나무 금고를 믿어야 한다 는 마음과 믿을 수 없다는 의심이 매일 충돌하기도 했다. 믿는 마음이 무언가를 옮기게 한다니. 역설은 이 나무 금고를 이해하 는 첫 단추였다. 벽난로 옆에 두었다가 장롱 안으로, 지하 창고 선반으로, 물탱크 속으로, 마늘이 심겨진 화단으로, 커피 탁자 밑으로. 그러나 옮길수록 나무 금고는 하찮은 것이 되어갔다.

10.

비로소 고요해진 인간이 자신의 방을 전망대로 만드는 일쯤은 어렵지 않다. 어둠보다 깊은 어둠으로 드리우는 나의 등대를 생각하면, 휴가저택은 본래 바닷길을 비추는 곳이 아닌지 의문스럽다. 낙담하는 창틀에 기대어 내일을 떠올리는 인간의 간사함과 꼬리 잘린 동물들의 서사와 예측 불허의 구름은 서로 사랑했기에 오늘을 낳은 것이 아니다. 구제불능의 미래를 탐탁지 않아 한 것도 그리 오래된 일은 아니다. 저 바다가 쓰나미가 되는 일도, 이 전망대가 뛰어내리기 좋은 구조라는 것도, 그러나 오매불망 그리 되는 일을 내버려둘 수 없는 것도, 이 팽팽함은 어디서 놓아주어야 할 것인가. 이름 모를 방패연 하나가 내 창을 두드린다. 아이의 손끝이 여기까지 닿은 것이다.

내가 가진 모든 접속사가 품위를 잃었다는 생각을 했을 때서야, 나는 다른 이들의 젊음을 바라볼 수 있게 되었다. 나의 영혼을 지배할 수 없다고 느꼈을 때보다 더 늦게 찾아온 일이었다. 만물의 생물을 다 안다는 듯 떠들게 된 비극적인 전환점이기도 했다. 시간은 천천히 계단을 올라왔을 뿐이다. 내려갈 수 없는 허공 계단을 딛는 것은 비참한 일이었으므로, 난간에 기대어 잠시 밑을 보며 미래를 흥정했다.

그러나 나는 나의 은유가 살아 있는 동안에는 전지전능했다. 다른 이들이 빚은 은유에 나의 은유들이 배신당할 때에도 나는 전지전능했다. 신의 헛소리를 대신하기 위해 사는 것처럼 느낄 때도 있었지만. 살아 있는 자들의 빗발치는 비명을 듣는 일이 더 흥미로웠다. 욕망은 질문을 머뭇거리게 했다.

그래도 *잘 지내냐*는 말에 잘 지낸다고 대답하던 위선적인 나는 죽이지 못했다. 그것만이 인간 세계를 가늠하는 교활함이었으므로.

　젊음의 떠들썩함으로 호의호식하던 과거의 비틀린 문을 열다가 실패했다. 감정의 윤곽처럼 그려진 그림자 춤을 추며 어둠을 조종하는 발광 지점, 나는 그것을 좋아했다. 창문마다의 시퀀스, 그 마지막 창문을 바라보고 서 있는 이 울적하고 추악한 괴물은 바닷속의 침대를 연구하고 있다. 어디에 둘 수 있지? 무엇으로 내려놓을 수 있지? 어떤 자세로 잠들 수 있지? 물의 부력으로도 띄울 수 없는 인간의 육신, 그것은 처치 곤란의 싸구려 플라스틱이거나 계속 내버려져 있는 거울이다.

　너무 많은 고백과 회고가 지나치게 나를 진실 가까이에 두었다. 청록색 의자에 앉아서 생각한 것은 그것이다. 생각이 묶인 의자는 앉을 의자가 더 이상 없다. 내 두 눈의 눈동자에 새겨진 주름들, 눈을 비벼도 사라지지 않는 백내장, 보고 싶지 않은 것을 가두는 눈동자의 주름을 펼쳐볼 수 있는 것은 나의 얼굴인가? 고독한 불빛을 켜는 살갗들은 이제 날것이 되려고 한다. 도무지 이 생牲의 비릿함은 끝나지 않는다.

11.

나의 포경선은 여름에 도착할 것이오. 내가 잡은 고래와 무엇을 바꿀 수 있겠소?

　⋮

여름이오. 여름이라는 기억뿐이오.

12.

백사장 위에 새로 쓰는 시詩. 언제나 새로워질 수밖에 없는 백사장의 이름들. 영원함이 없다는 것을 일러주는 백사장을 떠나 인간은 고작 영원할 수 없는 순간들을 열심히 살아간다. 이 바다를 두 번 찾아오는 이는 없다. 어떤 결심은 첫인상으로 끝이 난다. 무언가를 빌고 떠난 사람들은 돌아오지 않는다. 바다 앞에 선 이룰 수 있는 것이 없으며, 이루어지지 않을 것들을 너무나 쉽게 말하게 되므로. 바다는 잊히는 일로 제 할 일을 다할 뿐이다.

그리고 여름은 서서히 온다. 태양의 분주함이 창문으로도 느껴진다. 벌써 몇 번째 여름을 이 저택에서 맞이했는지 모르겠지만. 내가 갔던 수많은 바다를 불러오기 좋은 시간이다. 정착할 수 없어 아쉬웠던 바다, 돌아서면서도 몇 번이나 뒤돌아보게 했던 바다, 속삭인 것이 너무 많아 비밀스러워진 바다, 목청 높여 외친 것이 많은 부끄러운 바다, 사랑을 나눈 바다, 이별을 선고한 바다. 그리고 지금 나는 마지막 바다를 마주하고 있는 것인지도 모른다. 바다는 나를 조롱하듯 청명하고 등 푸르다. 바닷속에는 나만의 침대가 있으니까…… 그곳에 누워 뒤척이는 불편한 잠을 자는 것만이 내가 보낼 수 있는 유일한 신호일지도 모른다. 물보라를 일으키기 위해 나는 익사한 악몽을 샅샅이 찾아보기도 하였다.

바다로부터 돌아갈 수 없는 풍경. 희망하지 않는 풍경도 있다. 이를테면 만차滿車에 실려 가던 사람들, 제자리로 돌아가는 길이 험난한 저녁 차창에 비춰 떠올리는 하나쯤의 바다를, 생각한다, 생각하지 않는다, 들끓는다, 들끓을 수 없다, 흔들리는…… 꽉 찬 달 속으로 어쩌면 손 내밀어볼 수 있겠구나, 그 안에서 가장 뜨거운 것을 꺼내올 수 있겠구나, 심장과 바꿔 끼울까, 내 두

눈과 맞바꿔볼까, 달빛 아래 흐물거리는 바다의 이마 위에 손을 얹는다. 눈 비비면 다시 흔들리는 만차滿車 속 별반 다를 게 없는 사람들, 저마다의 여름, 저마다의 바다와 멀어지는 소리. 다들 제자리를 찾아 내리는 것일까. 어쩌면 먼저 내리거나 늦게 내린 곳으로부터 갈 수 있는 바다, 그런 바다를 원하는 돌멩이들, 손에 쥐면 멀리 던지고 싶어지는 가능성의 돌들. 멀리 해수욕하는 사람들을 오래 지켜보지 않으면 물수제비뜨며 사라지는 돌처럼 보인다. 그게 우습고 가끔 끔찍하다. 바닷속엔 많은 사람이 모여 있겠지. 늦지도 기다리지도 않는 채로. 어쩌면 육지보다 더⋯⋯ 깊은 아픔을 시추해 거대한 공원을 조성하고 있겠지. 함께 걷겠지. 걷다 보면 만나겠지.

사람들이 모닥불 피운 자리마다 새카맣게 질려 있다. 떠들썩한 마음 어쩔 줄 모르고, 다 알 것 같은 유행가나 흥얼거리며 이 밤 깊숙이 발을 담갔다고 착각했을 흰 발목들은 모두 돌아가 새카맣게 변해갈 것이다. 그런 밤도 있지 않았냐고, 좋기만 해서 잘 기억이 나질 않는다고. 기타를 가져온 사람은 누구였더라? 가진 성냥을 다 태워야 겨우 불을 붙일 수 있었던 그날 날씨는 또 어땠고. 잠깐 걷다 오자는 말로 백사장을 부유하며 그날 밤 백사장에 가장 많은 발자국을 찍은 사람이 누구였더라? 사진은 흔들렸고 노이즈는 많았고, 어둡고 빛이 얼마 없어서 누가 있었는지 알 길이 없다. 어쩌면 인화되지 않은 필름 속에 영원히 어두울지도. 그런 밤도 있지 않아야겠냐고. 가는 발목을 쓸어내리며 먼 밤으로부터 천천히 걸어오는 중.

저 소라게가 견디고 있는 것은 바닷가가 아니라 오직 자신의 껍데기일 뿐이다. 사람들은 보기 좋게 이야기를 꾸며대려고, 저 소라게가 바다를 이끌며 돌아왔다며, 소라게의 마음을 헤아려

보자고 중얼거리는 것 같다. 소라게가 빠져나온 저 등껍질이 어떻게 무너져가는지 천천히 보고 있으면 허망해진다. 저렇게 쉽게 쓸려갈 것을, 밟아 으깨질 것을 안간힘으로 버티며 이끌었는가? 소라게를 줍던 아이가 소라게를 다시 놓아줄 때까지 나는 잠시 이 저택이 무너져 내리는 것을 상상한다. 주머니에 뭐가 많은 사람들은 갈 길이 멀다는 것. 허물자며 포클레인에 시동을 걸면 이것은 곧장 끝날 것. 버티는 자들이 질겨지는 싸움이었다. 그런데 나는 왜 버티는 쪽에만 있었는가. 밀어내려고 해도 밀리는 곳에 있었는가. 거기엔 수많은 이들이 같은 방향으로 힘을 주고 있었는데 우리는 왜 상처 하나 없는 학살을 당했는가. 소라게가 소라게를 이해할 때까지 나는 이해할 수 없는 것을 길러냈다. 대답해줄 때까지, 말하여 전해질 때까지, 신비로운 뿔이 자라나 내겐 보이지 않는 울타리를 향해 돌진할 때까지.

13.

한 문장을 쓰기 위해 심장 속 혁명을 잠시 기다리던 때가 있었습니다. 처음으로 피에서 태어난 것들, 상처를 돌파해 세상 밖으로 나와 어쩔 줄 모르고 제자리에서 닳인 것들, 천성에 가까운 악행과 후천적인 선행의 지리멸렬한 싸움, 대자연과 황야, 드넓은 욕망과 비좁은 울타리, 천사들이 세워놓은 난간에서 한없이 불안에 떨던 모든 인간들이 나의 한 문장에 깃들길 바라던 때가 있었단 말입니다. 아픔도 감내할 수 있다는 그 용기가 어느 날엔 나를 살려두었고, 어느 날엔 나를 감추기도 하였습니다. 한 문장으로 말할 수 없는 서사가 있지만, 서사는 단 한 문장을 원했습니다. 감각이 불구가 될 때까지도 나는 아무것도 적어낼 수가 없었습니다. 그것은 아마도 정해지는 것이더군요. 더 많은 이들의 어둠을 지배하는 문장이, 상처에 상처를 덧대는 문장이, 오래오래 산다더군요. 그런 문장을 우연처럼 쓴 엽서가 창고에, 나무 금고에, 잠결에, 불타는 장작 속에 있을 수도 있다는 것이 이 삶을 자꾸 기웃거리게 만드는 이유일지도 모르겠습니다. 모르고 있어야 윤곽을 드러내는 한 문장의 활자들은 이미 오래전 나를 떠났습니다.

14.

아픈 사람들이 강해지는 밤이 온다.

나는 인간을 단련해온 슬픔에 대해 떠들고 싶지 않다. 인간을 훈련시키는 실패와 반복에 대해서도. 슬픔의 사육법에 의문을 가진 적이 한두 번이 아니었으므로. 순순히 맹인이었던 슬픔의 두 눈이 되어준 것도. 한순간 밤을 일으키는 기적에 대해서도. 어둠 속에서 우글거리며 흩어지는 밤의 벌레들, 마음을 간질이며 오랫동안 괴롭혀온 그 고통만이 마음의 유일한 흉곽이다. 이 저택의 유일한 울타리다. 그러나 슬픔은 재주넘으며 찾아왔다. 슬픔의 먼 친척들까지도……

너무 오래 떠들었다. 까마득하게 나의 길고 긴 삶을 잊고 막 태어난 아이처럼 옹알이를 하게 되었다. 지옥의 사투리를 배우고 싶다. 그들의 험담과 죽음을 선고하는 말을 바로 알아들을 수 있게. 빨리 암담해질 수 있기 위해. 나는 나의 모국어를 버려야 한다. 그제야 가보고 싶은 곳이 생길지도 모른다. 그제야 이 이야기를 끝내게 될지 모른다.

사는 동안 내내 얼어 있던 문장이 녹기 시작했다. 불에 붙었던 문장들이 식어가듯이. 서로 으르렁거리며 대치하는 계절 사이, 나는 기나긴 환절기의 외투처럼 옷장 한 편에 걸려 있는 채로 잊혔을 것이다. 그러나 나는 나의 괴로움으로 기쁜 날에 쓸 고깔모자를 만들 것이다. 예쁘다는 말 대신 잘 어울린다는 말을 듣게 될 고깔모자를.

15.
나체의 소년들
계절을 처음 써 내려가듯 웃고 떠드네

파도가 발목에 부딪쳐 죽는 줄도 모르고 다시 살아나네
밀려들기 위해 다시 떠내려가네
겨울에도 저들이 웃고 떠들 수 있는 창백한 빙하기가 오길
바라네

바라는 마음은 왜 죽지 않고 나를 떠미는 것일까
웃어넘긴 일들이 떠내려 와 진실을 쌓네
마음을 되묻는 동안에도
저들이 저들 스스로를 지켜내고 있길 바라네
유행하는 침묵 대신 비명으로
응수할 줄 아는 건강함만 다치네
회복될 정도로

방금 날아간 원반이
영영 돌아오지 않더라도
상심하는 법을

넘어져도 금방 일어나지 말라고
내버려두는 법을
그들이 바다에게서 받은 것들이라면 좋겠네

16.

슬픔을 읽어달라고 애원해왔던 것이다. 숨겨둔 비참함을 찾아 꺼내달라고 부탁했던 것이다. 그렇게 나를 떠났던 문장들이 돌아와 나의 갈비뼈를 꺼내들었다. 지옥문의 빗장을 열기 위해, 나의 고단한 피로를 방어하기 위해. 휴가저택에서 발견한 기쁨이자 이제 슬픔 찾기를 모두 그만두어야 할 때가 왔다는 것을 알았다.

남겨진 채로
체온을 켜둔 채로

상심에 젖은 사람에게 아무런 말을 하지 않은 적 있었다. 방금 이별한 사람에게 새것처럼 보이고 싶은 때도 있었다. 거대한 서재 아래서 읽던 책만 읽을 때도 있었고, 바다 같은 곳을 찾아나서지 않아도 넘쳐흐르던 때도 있었다. 무엇이 나를 넉넉하게 내버려두었나 생각한다. 알게 될까 봐 생각을 그만두게 된다. 누군가 이 저택의 복도를 훔쳐간 것 같다. 되찾을 수 없는, 그러나 지나온 것만은 확실한 그 복도를 함께 나서고 뛰어다니던 사람들은 범인이 아닐 것이다. 자백을 간직한 사람만이 아무도 걷지 않는 복도에 발을 내딛을 수 있다. 그래서 나는 이 기나긴 계단을 끝내고 싶은 것인지 모른다. 복도를 도둑맞은 채로.

17.

사랑하는 이들에게 나는 하나의 증상이었다. 내가 멎으면, 그들은 더는 아프지 않게 되었다고 생각할 것이다. 고통으로 나타나게 된다는 것, 사랑이 전제했던 나의 역할이었다. 그들의 수고스러움을 덜기 위해 나는 멎기로 했다. 아팠던 날을 그리워하는 이는 없으니. 이젠 나의 고통을 주물러가는 수밖에 없게 된 셈이다.

이 저택으로 초대된 많은 이들의 초상화를 그리는 중이다. 그리면서 자라나는 얼굴과 사라지는 눈, 코, 입 우리가 한때 허름한 극장에서, 간단하게 차려진 카페에서, 메뉴에 없는 음식도 팔던 식당에서 웃고 떠들었던 것을 생각한다. 내용이 소거된 장면들이 초상화를 지우고, 소리 없이 입만 뻥긋거리며 표정만 남아 있는 다정한 장면이 이 초상화를 망친다. 완성된 초상화를 선물하면 돌아오지 않을 것이란 예감 때문에. 나는 먼발치서 바다를 구경하는 이름 모를 실루엣만 그린다. 이름만 적어 넣으면 모두 당신이 되는 추상적인 그림을. 거대한 갤러리가 되었다가 아무것도 그릴 수 없는 거미줄의 화실이 되기도 한다. 이 저택에서 내가 할 수 있는 대접은 최선을 다해 내버려두는 것이다. 잊을 수 없는 것들과 절교한 채로 살아가는 것이다. 어색함에 몸부림치며.

수소문하여 나를 찾아오겠다는 손님들이 있었다. 이 늙은 손을 잡아주기 위해 자동차를 타고 요금소에서 통행료를 조금 나눠 지불하고 졸음 휴게소에서 잠시 눈을 붙이다가 구불구불한 길을 겨우 지나 멀미에 잠시 토를 하고, 식은땀을 닦으며 그럼에도 바다가 있어서, 선생님은 좋은 곳에 계시구나, 말하며 아무렇지도 않게 초인종을 누를 사람들이었다. 내가 떠나게 되었을 때, 그때 뵙고 왔다는 사실만으로 사는 것에 부채감을 좀 덜기 위해서 지금 온다는 것도, 와서 서로가 해줄 수 있는 게 별로 없다는 것도, 서로 득이 되지 않으니 오지 말라는 당부밖에. 그러나 그렇게 제법 딱 떨어지는 계산일지라도 흥청망청 힘을 쓰던 시절도 있었다. 찾아오란 말을 듣기도 전에 다가가기도 했고 새로운 이름을 불러보는 게 재밌던 시절, 뜰에서 뜰로, 늪에서 늪으로 와서 생각하니 시끌벅적할 수 있는 것도 그때뿐이었다. 그래서 그땐 고요가 귀했다. 참으로 귀했다. 내가 가질 수 있는 고요는 내가 스스로 파놓은 함정뿐이었다. 다치더라도 깊숙이 내려갈 수 있었다. 말들이 오고가는 와중에 듣지 않을 수 있었다. 말하는 게 들리지 않을 수 있었다. 그저 부채감을 씻기 위해 발걸음을 더하는 일 그만 두시오. 반가운 것은 아주 희미하게 달려드는 향기나 인기척 같은 것이니. 자신을 위한 일로 내게 과일 바구니를 들이밀며 그동안 내 생각을 많이 했다고 말하지 마시오. 그러나 이 모든 마음이 내 안에서 꼬인 것 같으므로 웃으며 생각만 하였다. 이 괴로움을 끝내려면 아무래도 신의 속임수가 조금 필요할 수 있겠다 걱정하며……

나의 강물이 불어나 마침내 지금 내 눈앞의 바다가 된 거라면, 익사해 흔적도 찾을 수 없이 잃어버린(잊어버린) 것들의 부자가 된 셈이다. 신비로움을 동경하던 때도 있었다. 너무 많은 신비가 나를 가로채고 있을 때, 나는 모른다고 말하였다. 드러내도 끝없는 미지를 시추하는 일은 내가 문학을 만난 일, 달변가처럼 떠든 일, 마음을 함부로 진단한 일.

전화벨이 울린다. 어쩌면 초인종 소리인지도 모른다. 문 앞에서 우리는 대화를 나눈다. 아무것도 열지 않은 채로, 닫힌 것의 안부를 묻는다. 돌아가라는 말과 떠나왔다는 말이 같은 음성으로 들린다. 그냥 머물러 있기 위해 찾아든 사람을 나는 돌려보냈다. 문 앞에서 긴 밤을 세어보았고, 당신도 손가락을 접으며 무언가를 허물고 있었을지도 모른다. 그런 채도 없는 안부만을 기억한 사람들이 있었다. 내가 곧 찾아가리라, 그런 약속으로 폐허가 된 화분에 심어둔 사람들을…… 사람들을 틔우기 위해 바다를 모았다. 이 모든 바다를 기울여 물을 주면, 그들은 떠오르겠지. 잘 살고 있으나 나의 바다에서만큼은 익사한 채로. 축축한 두 손을 떠벌려 지난 따뜻한 과거에 불을 쬐는 어리석은 나는 전화벨이 울리는 곳까지 갈 수 없다. 현관문을 열 수 없다. 가둔 적 없이 갇히게 되는 이곳으로 오래된 계절에 심어둔 사람들의 심지만 흩뿌려져 있다.

18.

장대비가 산발하고 있었다. 젖지 않은 것을 찾아볼 수 없으니 동참하고 싶은 마음이 들어서 오래된 장화를 신고 바깥에 나갔다. 뺨만 한 나뭇잎 밑에 달린 달팽이를 보는 느긋함이나, 바다에 발목을 담그는 용기는 이제 없겠으나 나의 하찮음을 눈여겨봐주는 바다 앞에 설 것이다.

언젠가 물의 목마름에 대해서도 생각한 적 있다. 그건 지나치게 과분한 친절함이었다. 다함께 뛰어들자. 물의 목마름으로. 물이 갈증으로 솟구치는 간헐적인 세계로. 끝끝내 젖지 않는 깊은 곳의 종이를 꺼내어 흔들자. 물 위에 적을 수 있는 것, 물로 지울 수 있는 것까지도.

물거품……

피뢰침을 들고 가는 사내도 보았다. 마치 벼락 맞기를 기다린다는 듯 피뢰침을 우뚝 들고 사내는 백사장을 가로질렀다. 비가 그치자 사내는 피뢰침을 버리고 떠나갔다. 떠돌던 동네 아이들이 그것을 들고 깔깔거리며 웃었다. 앙상한 살만 남은 우산이었다. 이것이 내가 본 오늘의 전부다. 훔쳤다는 생각을 지울 수가 없다.

너무 많은 우산이 내게 남아, 마치 비를 기다리는 사람이 된 것만 같다. 잃어버릴 때마다 사온 것들, 갑자기 비가 내려 산 것들, 누군가 두고 간 것들, 주워온 것들…… 바다를 쓸어 담거나, 오늘의 무너짐을 짚거나, 비로소 비를 감출 때 비 오는 한 장면에서 이토록 많은 안간힘이 태어난다니. 영영 젖지 않을 수도 없다니.

19.

산문 속에 살고 있는 연인들이, 이것은 허구가 아닐까? 전전 긍긍해 한다. 사랑은 그렇게 혼란 속에서 태어난다. 초조한 마음을 숨기다가, 정확하지도 않은 감정을 종교처럼 믿기도 한다. 그것만이 지금의 흔들림에서 구원해줄 수 있을 거라 믿으며, 여름에게로 간다. 녹는다. 누구도 다치지 않는 플롯을 만들기 위해 팽팽한 구름에 휩싸인다. 날씨와 기도하는 자만이 유일한 변수. 사랑을 완성하려는 사람과 사랑을 끝내지 않으려는 사람의 시계가 새로운 시공간을 만든다. 그것만이 유일한 궁금증으로 남겨졌다. 오래된 유적지처럼, 관광지처럼 연인들은 조금 떨어져 서로를 바라보았다. 실패한 산문이라고 생각했다. 말이 너무 많았거나 가진 것에 비해 소재가 없는 텅 빈 문장 속을 거닐었다. 실패한 산문이 흘러 많은 웅덩이를 낳았다. 비가 올 때마다 웅덩이들이 떠들기 시작했고, 추문 속에서 연인들은 서로가 사랑했다는 사실을 의심했다. 젖은 산문은 서서히 지워져 짤막한 시가 되고 바닷속엔 아무도 읽지 않은 한 편의 시가 놓여 있다. 벌거벗은 사랑이 유영하고 있다. 실패한 웅덩이들이 모여 거대한 바다가 되었을 때 연인들은 스스로 사랑을 빠져나왔다. 살려달라는 말없이, 믿음을 발가벗고서.

사랑에 헐어버린 마음 따위가 내 육신을 갉아먹고 있다는 생각을 지울 수 없다. 부를 수 없는 이름을 수집하는 사람처럼 살았다. 사랑의 테두리는 그렇게 가시 철망을 세운다. 서로를 함부로 하지 않으려고 애썼던 마음만큼, 사랑이 끝난 뒤 우리는 서로를 훼손하고 있었는지도 모른다. 한 사람이 한 사람을 환하게 밝힐 수도 있고, 한 사람이 한 사람을 어둡게도 할 수 있다는 것을. 삶은 사랑으로 설계한 스위치 하나를 켜고 끄는 일이었다. 간단

했지만 복잡하게 끝나기도 하였으니, 이제 나는 내내 암전이다. 사랑을 켜두기 위해 지불할 수 있는 게 없는 빈털터리라서, 공짜로 어둠을 빌려 쓴다. 그렇게 눈이 멀어버린 상태에서 사랑은 도둑질로 끝난다. 훔쳐간 것을 모르고, 훔쳐온 것이 내 것인 줄 아는 어설픈 좀도둑의 자루 속에 모든 것이 담겨 있다.

20.
나의 비문이 오랫동안
나의 다정함을 혼란스럽게 할 것이다.

21.

사는 동안, 손에 쥐게 된 지도 속에는 없지만 삶의 머나먼 곳에 안식처가 있다면, 그곳에 처음 영혼을 눕히게 되는 일로 인간의 육체가 해야 할 일을 다 하는 것이라면, 끝내 맨 정신으로 휴식이라는 것을 지속할 수 없다면

나는 만약의 할 일들을 하는 직업을 가진 채로

상상해온 것들:

1. 빈 접시를 닦으며 손님을 기다리는 것 2. 의자의 간격을 맞춰 놓는 것 3. 지붕처럼 덮어놓은 책을 마저 읽는 것 4. 그러다 기다리던 것들을 통째로 잠시 잊는 것 5. TV 속 서핑하는 젊은이들을 보는 것 잠깐 몸서리치는 것 6. 시를 읽는 것 7. 시가 나를 조금 옮겨 놓는 것 이동해주는 것 8. 한가하고 한심한 것이 동시에 흐르는 공간에 있는 것 9. 그 속에서 최대한 귀여운 것을 찾는 것 10. 유리창을 두고 눈을 마주친 채로 둘만 아는 농담을 하는 것

:그런 것은 모두 (불)가능하지 않음

"찾아와주셔서 감사합니다. 이제 그만 모두 돌아가주십시오. 돌아가서 기다리던 것들을 그만두십시오. 그 후에 찾아들게 되는 것을 반겨주십시오."

이제 이곳은 가끔 박물관이 되었다는 생각이 든다. 어정쩡한 자세로 내 집을 지나는 관광객들은, 청동기 시대의 돌덩이를 보

듯 그렇게 내 눈앞에서 흐른다. 이 유리창이 나의 눈동자라는 생각을 한다. 눈동자에 담긴 것을 보는 사람이 된다는 것, 뒤죽박죽 쌓여 있는 창고를 청소한 말끔한 사람이 되는 것과도 같다. 과거는 슬며시 내게 흉기를 건넸다. 지치지 말고 미래와 칼을 겨누라는 듯이. 교훈이라는 것도 살아남은 자의 것이라는 듯 단호하게.

(그런데 지금 생각해보니 죽은 누나의 유서는 꼭 청첩장의 말투였던 것 같다. 청첩장의 말투라…… 마침내 나는 어디론가 초대된 기분이 든다.)

목가적인 나의 휴가저택은 그저 나의 눈동자 속에서 허물어질 것이다. 내가 떠나면, 내가 이곳에서 영원히 잠드는 날에는 바다와 만나 영원의 입구가 되기도 할 것이다. 호들갑 떨지 않고 보통의 일상을 사는 것이다. 마지막이라고 부를 수 있는 날까지도, 긴 꿈을 헤매며 주소를 찾아 그곳으로 떠날 것이다. 트렁크와 나무 금고와 몇 가지 적어놓은 글들을 두고서. 살아남은 사람들은 그것을 단서로 나의 죽음을 추궁할 것이다. 나를 쫓아올 것이다. 나는 영원히 도망칠 생각이고, 그들이 추적을 그만두는 날에는 잊히는 것으로 두 번 죽게 될 것이다. 두 번 죽는 단 한 번의 삶이라고 하기엔 너무 여리게 달력을 건너왔다. 내가 지은 문장을 끝없이 걸어야 할 테지. 신이 있다면, 나는 신의 문장 부호가 되고 싶다. 제멋대로 시작한 이 이야기를 나로 끝내고 싶기에.

몇십 년 동안 진행된 낭독회가 끝난 것 같다. 관객들이 늙어죽을 때까지. 어쩌면 모두가 듣고 읽고 말할 수 있는 것이 소진될 때까지. 박수를 쳐주었고, 자리를 내주었고, 외투를 벗어주었고, 경청하였고, 감동하였고, 중간에 잠시 사랑에 빠지기도 하였고, 증오하였고, 죽음을 연민하였고, 은밀한 복수 계획을 세우다 지치기도 하였고, 중간에 낭독회를 빠져나갔고…… 모든 일의 결말은 버티는 형색이니, 나는 나로 끝냈으면 한다. 어두운 극장에 남은 마지막 빛 하나를 끄면 이제 누군가의 이야기가 진짜로 시작될지 모르는, 입장이 반복되는 복도에 서서 누군가를 기다리듯 그러나 아무것도 기다리지 않는 자세로 퇴장할 것이다.

22.

누구나 드나들 수 있었던 나의 휴가저택. 비로소 빗장을 열고 모든 구름의 흥미가 된다. 모든 날씨의 풍경이 된다. 모든 인간의 머뭇거림을 본다. 저무는 풍경 속에서 자꾸 체온을 켜두려는 연민의 인간이 살던 곳. 다시는 펼쳐지지 않을 책이다. 덮으면 이야기가 서로의 갈등을 교환하며 연명하는 책이다. 그렇게 아무도 읽을 수 없는 책이 되어간다. 바다로 가야 한다. 물들기 위해서, 잠들기 위해서. 이 여름의 기나긴 서사가 따스하게 내 속에 스며들었다. 그게 추운 날, 어두운 날 나를 아프게 할 것이란 걸 모른 채 살아왔던 것이다. 이 모든 것을 흐르게 둔다. 그동안 내 버려두는 것이 가장 어려웠으므로. 눈이 부시다. 그러다 영영 백야에 살게 될 것이다. 오랜 말동무였던 우울과 어둠의 상냥함을 처음 만나게 될 것이다. 물보라 속에서 우리는 영원한 이야기를 훔칠 것이다. 내가 끝끝내 지켜온 체온이 어떤 여름의 빛나는 소품이 되었으면 한다. 죽고자 하는 마음으로 바다를 찾아온 이가 그것을 줍고, 가능한 오랫동안 여름을 짝사랑하였으면 한다. 여름의 수치심까지 겪고, 아름다운 여름의 목격자로 살기를 바란다. 여름이 써내려간 책을 읽으며, 이 여름의 문장 부호가 되고 싶다는 욕심도 갖길 바란다. 누군가 내게 삶을 묻는다면, 내가 제일 좋아하는 여름이 있었다고 말할 것이다. 그것만이 유일한 확신이다. 이제는 물속에 지어진 작은 침대에 누워 생각한다. 물거품에 파묻혀 잠든다. 잠들기 전 마음으로 중얼거린 말들은 누군가를 살려줄 것이다. 나는 끝나지 않을 이야기로 호흡할 것이다.

먼 곳에서 어둠을 시추하기 위해
산 자들에게 출렁임을 보내기 위해.

휴가저택
—겨울, 짧고 뜻밖이라는 번외

잠수부
파열음 속에서 우리는 자주 흩어지곤 했다
여름 양말 같은 게 자주 사라지는 이유에 대해서
영혼이 들떠서? 부활의 헌신짝이라서?
벗어던진 것들이 다시 돌아올 무렵
나는 나의 잠수부가 바다에서 돌아오길 기다렸다
동해에서도 서해에서도 남해에서도
아라비아해에서도 에게해에서도
그를 위해 따뜻한 물을 받아놓은
옥빛 욕조 안에서도……
겨울은 모두가 내려앉기 좋은 번외라서
뻣뻣한 목을 내려놓고선
가장 낮은 자세로 둘러볼 필요가 있다
살랑거리는 눈발에도 쉽사리 미소 짓게 되니까
이것을 함께 보자고, 넋 놓고 녹아가자고
잠수부가 머지않아 돌아올 것 같아서
나는 자주 겨울 숲을 걸었다
자작나무들이 서로 부대끼며 삶을 단축하는 숲
태우기 좋은 장작을 골라낼 때만큼은
겨울 바다를 조금 앞지를 수 있었다
장작 타들어가는 냄새와 소릴 빌려

불씨가 영롱하게 체온을 가져다주는 장면을

함부로 상상하는 거다

여름 내내 탕진하고 말았던 것을

여름 내내 불신하고 말았던 것을

그래서…… 그 어둡고 질긴 심해에서 넌 무엇을 보았니

그걸 내게도 이야기해줄 수 있겠니

떠밀려 온 해파리처럼 팔다리를 축 늘어뜨리고는 말하기를

그런데 말할 수 없는 것도 분명 있어서

어떤 환영을 진짜 믿지 않으면

모든 바다는 엎질러질 수 있다고

수조 바깥 눈망울도 가지지 못한 것이

수조 안에 넣은 손에서도 미끄러져 나가는 것이

잠수부가 돌아온다면 그랬을 거라고 믿는 것이

겨울의 지하실을 만들어 채우고

언 바다 앞에서 친구 이름을 부르짖게 된다

해변에 두고 간 개들처럼

혓바닥의 뜨거운 김으로 이름을 세우는

그러다 막차 시간이 임박한 사람처럼

자꾸 뒤돌아보게 되는 것이다

겨울 목덜미는 참으로 희고 아득하더구나

아름답다는 것은 난해함이 상식으로 깨졌을 때니까

다 식어가는 욕조에 몸을 담그며 돌아오는 것이다

나의 보잘것없는 겨울로

장작이 얼마 남지 않은 체온으로

겨울 소묘

나는 어떤 사람들에게 망설임을 배웠다
입술에 묻어 있는 말을 곧잘 삼키는 사람과
가슴에서만 목 놓아 우는 사람과
기울어진 목선으로 아득한 장면을 비껴가려는 사람에게서
막 절망이 수포水疱를 퍼뜨리고는 달아나는 것을 보았다
유행하는 고요…… 산발하는 침묵……
겨울이 시작되려는 복선으로
집에 가면 그제야 벽에 살며시 기대어
망설임이 늦게 깨우친 말을 들어보게 되는 것이다
그리고 그게 얼마나 흉물스러운 것으로 자라나는지
지켜보게 되는 것이다
창밖으로 시끄러웠던 바다가 얼마나 잘 노는지를 본다
짧아진 해마저도 다 쓰지 못하고
줄곧 어둠의 비탈길에서 길을 찾아 헤매는 것들
이름이 없어서 부러운 것들
여름에는 많은 것들이 집 밖으로 나갔다
겨울에는 많은 것들이 집으로 돌아왔다
어색하게 통성명하는 이 창백한 저택 거실에는
닫힌 창문이 닫힌 채로 기억하는 셈이 복잡해
잘 열리지 않는 창문들이 있었다
입김으로 적는 말들이
모두 망설였던 적 있는 과거를 그리다가
영영 따뜻함 속으로 소멸해가는 것을 볼 때

내일은 내가 모르는 일로 당황해하고 싶다

모든 것이 창백해지면
곧 모든 것이 거울이 되려고 소리 없이 싸우는
이 헐거운 고요 속에서
와장창 무언가 깨지는 소리를 엿듣고
그걸 들은 놀란 개처럼 짖고
산짐승처럼 울부짖다가 모르는 것을 들이받고 싶다
내 희뿌연 안경 굴레 속에서나 가능한 상상
그런 일들이 천천히 겨울과 어울려가면
흰 뼈들을 다시 일깨울 수 있다면
내일을 잠깐 기대해도 좋다 믿으며 잠들 텐데
어차피 잠자는 동안에는 혹한기니까
이불 밖으로 나온 두 발을 잘라두고 올 텐데

쌍

따뜻한 것이 먹고 싶다

유부가 흐르는 우동 따위를 생각할 때

따뜻한 거 먹을까? 그런 말에서부터 흐르기 시작한

여름의 빛은 겨울 속으로 흘러들어 얼어가는 것을

꼭 말아 쥔 채로 혹한을 지연시키기도 한다

팔팔 끓는 뚝배기 안에서

우리는 똑똑히 겨울을 목격했고

잠시 따뜻해지는 일이라도

많은 것을 걸어볼 수 있겠다는 우격다짐이기도 했다

김 서린 안경을 쓴 채로

서로를 알아보지 못하며 깔깔거리게 될 때

자라나는 벤치의 구석에 나란히 앉아

자판기에서 뽑은 것을 마신다든지

털과 털을 부비며 아무것도 일깨우지 못할

시시한 정전기를 만든다든지

영원히 녹지 않는 눈을 맨손에 쥔 것처럼

차가움에 대해서 떠든다든지……

아직, 이라는 말 속에 겨울은 언제나 시원하게 보관되어 있다

겨우, 라는 말로 들이민 여름보다 길게

혀를 내뺀 겨울의 미끈거림이 자주

어디선가 나를 넘어지게 만들었다

그러면 네가 어디선가 웃고 있을 거라고 생각하였다

어리석지만 어쩔 도리가 없었다

겨울은

둘을 보여주며 하나가 되라고 했다
이미 하나인 것을
오로지 하나로 셀 수 있을 때까지 기다려준
가여운 인내심의 얼굴로

털모자를 벗으며 인사하던 그녀는
반질한 대머리였다
내게는 있고 그녀에게는 없는 것이
자주 나를 당황하게 했다
눈과 귀가 두 개라는 사실이
사실이 아닐 수도 있어요
당신은 지나치게 자만하고 있군요
어느새 두 개였던 것들이 하나뿐이라면
당신은 나머지처럼 버려지게 될 거예요
질문이 생략된 대답을 듣고 온 날엔 잠을 설쳤다
좋다, 좋은데 좋아서 아프게 된다
아는 게 많아졌지만 아는 게 많아서
모르는 것을 분간하게 되었다는 걸
알게 된 것 같다
그녀와 나는 동해 바다에 갔었다

사람들은 어디 아프냐고 먼저 물어봐요
칼로 살갗이나 그을 줄 아는 주제에
수술을 해줄 것도 아니면서 상냥하게 진단하는 거죠
아무것도 묻지 않는 사람이 좋았어요
그런 당신은 때론 멍청하게도 보이더군요

나는 바다가 처음이에요
그런데 처음 보는 것 같지 않게 굴어야 한다고
생각하던 때가 있었지요
거울을 보면서 나는 그랬어요
매일 하는 결심들이 얼마나 열심히 얼룩을 만드는지
닦지 않았어요 엉망이 되도록 놔뒀어요
조금 흐릿해야 안심이 되는 것도 있으니까
노이즈 가득한 필름 사진처럼
조금은 아득해야 아름다움으로 완성되는 게 있으니까
전에 만났던 사람은 내게 가발을 씌워주었죠
최악의 모자였어요
잘 벌어진 가랑이가 보여서 걷어찼어요
나는 지금 어때요? 소리 질렀는데
돌아온 메아리는 모두 혼자 들어야 했지요
둘도 없는 사람아
그렇게 내게 자주 속삭여주던 사람이었지만
나를 그대로 그대로인 나를
몰랐던 거죠 몰라줘서 고맙기도 했어요

멀리 도망치는 도적 떼처럼
겨울 바다는 백사장에 우리를 두고 멀리 달아났다가도
집어삼킬 듯 파도를 내뿜기도 했다
그것만이 마치 진심이라는 듯
그녀의 말은 표창이 되어 돌아와 박혔다
이 아픔을 참으면 빛나 보일 수도 있을 것 같다
당신은 내게 그런 걸 줄 수도 있겠다

그러나 누구도 그렇게 되는 걸 원치 않는다
생각이 많아지면 그녀도 더는 내게 말 걸지 않고
천천히 걸었다 발자국 새기며
새긴 발자국을 돌아보지 않으며
발걸음을 맞춘다는 것
우리가 갑자기 나란해지는 각도에서
지나던 사람이 우리를 한 사람으로 포개어 말하는 것
우리는 멀리서 보았을 때
혼자 온 사람이었을지도 모른다는
잠시 서로를 빌렸다가 혼자인 곳으로 가야 할 사람처럼
내게는 없고 당신에게 있는 것들이
천천히 알려주었던 것
자만하던 사람이 사랑 앞에서 굽신거리게 된 것
함부로 할 수 없는 것을 트리 장식처럼 매달게 된 것
그녀는 자주 머리를 쓸어내렸다
방울방울 맺힌 땀을 닦기 위해
머쓱함을 우아하게 뽐내기 위해
서로가 서로를 간섭하면서
하나와 둘을 적절하게 겨루면서 우리가 잠시 가졌던
그 바다는 대체로 채도가 없는
장롱 속에서 영원히 꺼내지 않을
겨울 광목 이불처럼 두껍고 푹신했다

슬픔으로 무장한 서로의 노래를 선곡해서
그 겨울 바다에서 둘처럼 보이게
춤이라도 출걸

가쓰오부시처럼 뜨겁게 익어가는 걸 보여줄걸

겨울 돼지들

이것 봐, 반복은 영원의 수갑이야
영원은 불가능의 뿔이야

곰삭은 바닷마을로 내려와 작은 문들 부수고 다니는
겨울 돼지들 위해 미리 감자 몇 개 삶다가
이것이 그들에게 미련을 주면 어쩐담
경찰이 총을 난사해도 돼지가 죽게 되어 있고
동네 개들이 호되게 짖고
세상 끝으로 가거든 삼엄한 매립지에
구더기들처럼 파묻히게 되는 겨울 돼지들
악취가 덜 나 그나마 다행인 겨울 돼지들
죽고 또 죽고 또 죽어도
산에서 내려오는 돼지들의 겨울은 정확하고
겨울잠은 만성 피로인 그들에게 효능이 없다
인간의 낭만적인 묘사만 있을 뿐

죽어서도 반복된다니
저택 거실 창 너머로 아득해진 창공을 보면서
어둠을 들이받으며 더 어두워지려고 하는
돼지들의 몸살을 눈으로 보며……
뿔과 뼈를 버리고 떠나온 곳에서는
영원을 어기고 잠깐만 같이 놀자
나 놓고 갈 것이 많구나

빈방

있어요

숲, 숲, 숲

눈먼 청설모들이 후드득 떨어지는 숲이었다 희박하다는 기운만이 이곳에서의 나침반이었다

어디로도 갈 수 없음―그 빈번했던 방향은 익히 알고 있다

아는 만큼 걸을 수가 없게 된다는 것도

천사들의 화형당한 흔적을 지우기 위해 신들이 눈을 모아서 몇만 년째 혹한이라는 숲에 들어서자마자

이곳에 다시 올 순 없을 것 같다는 예감이 든다

영원히 잠들지 않는 미모사들이 잠시 눈 녹는 시간에도, 다시 얼어붙는 시간에도 뒤척이고 있다

관상용 식물이 되지 않기 위해 꿰뚫어 돌파한 인간의 눈동자가

돌처럼 잘 심겨 있다

아마 자라서 아무것도 될 수 없겠지

흰 겨울 숲의 바닥이 알비노를 앓는다

혼자가 된 기분을 느끼기 위해 좌초되는 일을 자주 꿈꾸었다 이름 모를 것들과 어울리면서 체온을 나눠 갖는 게

이 숲을 다 녹일 수 있을는지 모르겠지만……

어쩌면 모든 게 녹아 질퍽한 표정으로 숨겨둔 걸 드러내는 게 두려워서 이곳의 빙판을 이해한다

눈 녹듯 사라지는 마음 같은 건 누수된 인간의 몫이기에

아무것도 허락할 수 없는 숲에서 나는 며칠 밤을 보내었다 가만히 숨기에 좋은 곳이구나 잠보다 더 아늑하구나

누군가의 사유지를 침범한 댓가로 길들여지다 죽어가는 화분처럼 산 적이 있다

물을 기울여주는 애쓰는 마음 같은 것도 흐를 줄 모르는 인간의 갈 길이기에

단 한 번도 애도한 적 없는 죽은 식물에게

제 발로 집 나간 적 없는 뿌리 깊은 것들에게

나는 이 숲을 찾아주고 싶었는지 모른다

덜 죽은 청설모의 입김이 옅고 희미하게 퍼져나가는 것을 본다 나뭇가지에 매달린 물방울이 떨어져 우연히 청설모가 깨어나는 것을

상상한다 함부로 희망을 휘두르다 지치는 것이

이 숲에서 나의 역할인 것 같다

어디서부터 침묵이 찾아왔는지 묻지 않되, 도착한 고요를 대신 들어주는 행인이 되어서

이 겨울 숲의 비밀을 지켜주기 위해 이 겨울 숲이 가지게 될 또 하나의 비밀이 된다

이 겨울 숲을 함부로 가지려는 자에게 나는 마지막이다

치명적인 약점이 되어

부끄러움이 되어

후문

후문

*

『휴가저택』은 2016년 여름에 발표한 같은 제목의 산문시를 긴 호흡으로 다시 쓴 것이다. 나에게 '어디 한번 실컷 떠들어보시오.'하며 기회를 준 것과도 같다. 덕분에 나는 낡고 허름한 저택 기둥에 기대어 서서 오랜 시간을 보냈다. 사계절을 흘려보냈고, 두 눈의 흐릿함을 닦느라 오래 걸렸다.

*

사실 이 작품이 얼마나 죽음과 동떨어진 채로 죽음에 대해 떠드는지, 더 자세히 들여다보면 얼마나 살고 싶어 하는 사람의 이야기인지 나는 잘 알고 있다. 이 이야기는 은유를 돕는 불행한 인간사人間事와 살아가는 데 은유가 꼭 필요한 인간의 수건돌리기 같은 것일지도 모른다.

*

이 원고를 다 썼을 땐 기나긴 여행을 마치고 돌아온 기분이었다. 정말 휴가저택이라는 곳이 있었던 것처럼. 그곳에선 나의 종말을 꿈꾸며 준비할 수 없는 것들로 부산했는데, 돌아온 곳에는 다시 살아가야 할 모래시계가 놓여 있고, 돌이킬 수 없는 일들로 가득했다. 아득하다는 정면이었다. 나의 시가 번복 불가능한 일들에 조금씩 망치질을 한다고 생각했다. 산산조각 날 그 자리의 반짝임을 위해 엉겁결에 살고 있진 않느냐고, 내게 시비를 걸고 싶어졌다.

*

한 줄을 쓰지 못해도, 한 줄을 끌어당기기 위해 아수라장이 된 내 영혼에 겨우 물수건을 갖다 대는 일이 좋았다. 빈번하게 아무것도 쓰지 못한 채로 잠들거나 다음 세상으로 떠밀려갈 때에도 자주 시도했다. 이 책은 시 쓰기란 내게 그런 것이라고 확인하는 작업이었다.

*

더 이상 간절함이 가능해지지 않을 때가 올 것이라고 믿는다. 그 불능의 간절함이 무엇으로 탈바꿈할 것인지 알 수 없으나 『휴가저택』은 그 가능과 불가능이 여름의 몸을 빌려 힘겹게 싸워가는 모든 과정의 상영관이자 내 영혼을 청바지처럼 잘 개켜놓고 떠나게 될 곳이라는 생각으로 나는 잠시 다녀왔다.

*

눈앞이 흐리멍덩해지면, 나는 가끔 안경을 닦았다. 입고 있는 흰 반팔 티셔츠 귀퉁이로, 차가운 컵에서 흘러내린 물에 젖은 티슈로, 작은 헝겊으로. 그렇게 시야는 금세 나아지기도 했다. 안경사는 내 안경의 나사를 조이며 내게 그러지 말라고 했다.

*

아침 출근 버스에 올라타 차창 밖을 본다. 사람들의 창백한 얼굴들. 하루가 새롭게 시작되었으나 새롭게 시작할 마음이 없어 보이는 핏기 없는 얼굴들. 그런 것들이 나는 보기 좋았다. 우리 모두에게 슬픔이 심어져 있다는 사실이 위로가 될 때도 있었지만, 그 슬픔을 감당하는 능력은 모두 달라서 그 위로가 오래가지는 않았다. 뜯겨진 손수건을 깁기 위해서, 나는 내 안에 심겨진 가장 뾰족한 것을 찾았다. 찾고 나면 손에는 이름 모를 상처들로 가득했다. 신神의 헐거운 옷핀으로 이 세계에 잠시 이름을 가지고 명찰처럼 채워진 나의 삶을 볼 수 있었다.

　*

　『휴가저택』은 내 이십 대 마지막 책이다. 어쩌면 나는 이 세계에 돌아올 수 없을 것이며, 돌아와도 더는 내 것이라고 말할 수 없을 것이다. 한때 나의 사유지였던 그러나 지금은 폐허에 가까운 저택에 사람들의 다녀간 흔적, 앉아 있던 자리, 머물렀던 유리창 얼룩 같은 것을 살피며 나의 이십 대 끝자락을 돌이켜볼 수도 있을지 모른다.

　이 작고 아담한—그래서 출렁임을 멈춰 세울 수 없는—세계를 세상에 내보내면서 나는 많은 속눈썹을 여기저기에 흘렸고, 자주 커피가 담긴 컵을 엎질렀고, 거짓말을 했고 참을 수 없는 재채기를 했다. 자고 일어나도 계속 꿈이 연장되는 것 같은 기분에 휩싸이기도 했고, 모든 것을 그만두고 싶다는 절망만이 내 작은 어깨를 등 떠밀기도 했다. 그런 경험은 기이하다. 우러러볼만한 희망 없이도 해볼 수 있다는 게. 어쩌면 그래야만 할 수 있는 것이 있어서 우리가 읽고 쓰는 참혹한 둘레에서 손과 손을 맞잡고 있는 것이 아닐까 생각한다.

*

누군가의 망설임이 내 눈동자 속에서 빛 번짐이었던 것처럼 나 또한 당신에게 그러기를 바란다. 거대한 파도도 결국 제자리에서 출렁거리고 있을 뿐이라는 사실이 내 안의 불장난과도 같은 슬픔을 쉽사리 잠재운다. 나의 오랜 머뭇거림이 심장을 벗어난 박동처럼 느껴지게 된다면, 우리는 살아있다는 사실을 새롭게 전하기 위해 살아가는 사람들이라는 것을 알게 될지도 모르겠다.

『휴가저택』은 단정하고 흠잡을 데 하나 없는 사람으로 살고자 하는 게 조금 지겨워졌을 때 내게로 들려온 무수한 파도 소리, 여름 절벽의 메아리, 음질이 좋지 못한 고요, 내가 절대로 볼수 없는 나의 정면에 대해 쓴 것이다. 이렇게 책 한 권으로 정리된 세계와 그럼에도 유실물처럼 남겨진 장면을 동시에 마주하게 된다. 줍고 버리는 세계의 바자회 속에서 나의 주머니가 당신의 주머니와 다르지 않다면, 우리는 엇비슷한 제목을 짓고 살아가게 될 것이다.

그런 희망만은 계속 길러보겠다.

2018년 여름
서윤후

아침달 시집 5

휴가저택

1판 1쇄 펴냄 2018년 9월 10일
1판 3쇄 펴냄 2023년 4월 28일

지은이 서윤후
큐레이터 김소연, 김언, 유계영
편집 송승언
디자인 한유미, 정유경

펴낸곳 아침달
펴낸이 손문경
출판등록 제2013-000289호
주소 03980 서울시 마포구 성미산로 153-16, 2층
전화 02-3446-5238
팩스 02-3446-5208
전자우편 achimdalbooks@gmail.com

© 서윤후, 2018
ISBN 979-11-89467-02-9 03810

값 10,000원

이 도서의 국립중앙도서관 출판예정도서목록(CIP)은
서지정보유통지원시스템 홈페이지(http://seoji.nl.go.kr)와
국가자료종합목록시스템(http://www.nl.go.kr/kolisnet)에서 이용하실 수 있습니다.
(CIP제어번호 : CIP2018026069)

아침달